Mit freundlicher Unterstützung der Kulturabteilung der Stadt Wien

Umschlag: & Co www.und-co.at
unter Verwendung einer Zeichnung von Antonio Fian
Satz: AD
Druck: Theiss

ISBN 978-3-99059-011-9

Literaturverlag Droschl Stenggstraße 33 A-8043 Graz
www.droschl.com

Antonio Fian

Mach es wie die Eieruhr

Literaturverlag Droschl

Mach es wie die Eieruhr,
sei für weiche Eier nur.

1.

Gedichte

Ecce Homo (1)

Wie ist die deutsche Sprache doch genau!
Ganz egal, wie ich auch tschentsch,
alles Mögliche reimt sich auf Frau,
aber nichts auf Mensch!

Hymnus

Ihr Lettern,
auf, mir nach!
Zu mir, o O, o J, o A!
Zu mir, du Vogel-V,
du Umlaut-O,
herbei, mein G, mein E,
ihr, L und N!
Ihr Sonderzeichen auch,
komm zu mir, &,
du, rundes S,
und ihr Diphthonge, AU,
du, Fahnen-F, und E
– rief ich nicht schon? –
und N!
Noch einmal zu mir, S,
du, U,
du, hartes P,
und wieder E, du, R,
zu mir, den es zum Worte drängt,
zum Höheren,
zum Sinn!
Gehauchtes H, herbei,
an meine Seite, Y,
mein M und N,
o U und S ein letztes Mal,
dass ich mit eurer Hilfe
euer Lob
und aller Welt
die Schönheit singe!

Dichterabrichtung

Fass!
Fass
in Worte!
Fass!

Brav!

Jetzt das!
Fass!
Fass
in Worte!
Fass!

Brav!

Jetzt –
NEIN!
Pfui!
Böse, böse, pfui!
Aus!
AUS!

Hierarchie

Obst
Obstler
Obstlt
Oblt
Lt

Liebesakt (Bali-Sekte, um 1980)

Adam schien's, zu gierig leckte ihn
Gaia. Die Zunge knirschte Schleim
ins schäumig zerhackte Glied. – »In
Kürze steinige ich dich langsam!«
– »Deine Seligkeit nag' ich zu Ramsch!«

(Sie kamen rasch und gleichzeitig.)

Trakl in Altaussee

Wahnnah
naht Trakl
der Blaa-Alm

Aalaas
wabert
im Tanzsaal

Gedicht

so mühlos schau
gedicht ich schreib
nur stift papier
dann handspuck arbeit
arbeit arbeit
arbeit arbeit arbeit
plötzlich zack

gedicht

Damals

Am meisten von den Tieren warn die Enten lüstern
damals. Unter Wieseln herrschte Not.
Der Schrei des Esels klang fast wie ein Flüstern.
Fiel ein Mensch, so hieß es: »Ist im Lot.«

Damals freute man sich, wenn wo Lampen brannten.
Straßenbahnen fuhren außer Gleis.
Niemand grüßte, nur die Unbekannten.
Kein Umsonst, und niemand ohne Preis.

In Salzlaken treibend

In Salzlaken treibend,
wunderwärts Abdrift,
vertäut und verankert,
gebeutelt, verbeult und
verbleit.

Dann einsickert Sonne,
Wellinge bracken,
Unfug facht an
die Riesen
vom Berge.

Böse Tochter

»Bis wohin, Tochter, steh ich dir?«
»Bis hier.«
»Und die Frau Mama?«
»Bis da.«
»Und dein kleiner Bruder?«
»Diesem blöden Luder
scheiß' ich in sein Bettchen
und erwürg' sein Frettchen.«

Der fahrende Gesell'

Einst ließ ich einen fahren,
der fuhr und fuhr und fuhr,
wie kalt die Nächt' auch waren,
er fuhr rund um die Uhr.

Er fuhr durch Weizenfelder
und Berge steil hinan,
durch lichte Birkenwälder
und durch den dunklen Tann.

Er fuhr durch Täler, Schluchten,
durch Dörfer, Städte viel,
er fuhr durch Zimmerfluchten,
grad wie es ihm gefiel.

Er ließ vom Wind sich treiben,
ob wild, ob sanft er blies,
er wollte nirgend bleiben,
nicht einmal in Paris.

Er fuhr und fuhr, durch Jahre,
fuhr um die ganze Welt,
ihm war's nur, dass er fahre,
es ging ihm nicht um Geld.

Er fuhr durch deutsche Lande,
durch Braunschweig und Berlin,
hinauf zum Nordseestrande,
strich über diesen hin.

Er fuhr. Ach, was für Friede!
Die Heide, oh wie schön!
Ja, hier, des Fahrens müde,
hier wollt' er schlafen gehn.

Er fuhr, wurd' müd' und müder.
Und in der Deutschen Bank
ließ er sich schließlich nieder,
stank.

Teppertes Gedicht

Es aß Schispringer Willi Pürstl
vor der Stellage »Billy« Würstel
und dachte: Wär'n das Berner Würstel,
hieß' ich wahrscheinlich Werner Pürstl.

Der zufriedene Landmann

Die Kinder sein 'dögelt,
die Weiber sein g'vögelt,
die Focken sein g'schlocht',
pfiat enk Gott und guat' Nocht.

In Fahrtrichtung

In Linz ist der Ausstieg
in Fahrtrichtung rechts.

In Retz ist der Ausstieg
in Fahrtrichtung links.

So kann Linz und Retz
in Fahrtrichtung niemand
verwechseln.

Alternder Dichter

Ach
Sprach
Grammatik
Fürwort Vorwort
Leierlust von Konjugationen
Verb Adverb dahin!

(Nur Plusquamperfekt
Optativ
noch)

Wunsch (1)

Mündig sein
wütend
mutig

nicht nur
nur nicht

Zumutung sein
wütend
müde

Wunsch (2)

Nur einmal leuchten so
wie die Akazie im Prater,
so gelb so grell im fahlen Grün und Braun,
für eines, einer Augen,
die dies Leuchten sehn
und selber leuchten nun,
von allen unbemerkt, so schön,
weil jene, jener weiß,
wie lang's zum Leuchten dauert
und wohin es führt
und dass es keine Nacht kann heller machen,
keinen Winter frostlos.
So einmal leuchten nur,
wie die Akazie im Prater,
so gelb so grell
vorm Dämmern
und
vergehn.

Ecce Homo (2)

Ach, gottgewohnt und eingebannt ist ja der Mensch,
und stark im Absein brüllt er stets nach Hilfe.
Wie niedrig aber, feilig ist sein Angesensch,
wie rasch wird Waffe, ihm zur Hand, zur Wilfe!

Lasst uns drum, Räuser, abstehn von der Ruhe Quensch.
Die Wölfe betteln nicht, dass man sie schwülfe.
Wohlein! Denn wo in Weidepracht erliegt ein Hensch,
steigt eitel schon der Reiher aus dem packen Schilfe.

2.

Murmler & Laller

VORWORT
DERWEIL ICH DIESES GLÄSCHEN STURM LEER',
WILL ICH ERZÄHLEN EUCH VON MURMLER
UND SEINEM FREUND. SEIN FREUND HEISST LALLER.
DIES DIENE DER ER-BAUUNG ALLER.

ALLTAG
MURMLER PFLEGT OFT SEINEN GARTEN.
LALLER RÄUMT ZU HAUSE AUF.
UND WAS SONST? HAUPT-SÄCHLICH WARTEN,
?
?
AUCH WENN NIEMAND WEISS, WORAUF.

DAS LIEBLINGSWORT
..leider...
LALLER HAT EIN LIEBLINGSWORT
leider leider leider le
UND WIEDERHOLT'S IN EINEM FORT.
er leider leider leider leide
MURMLER HIELTE DAS NICHT AUS,
mmmickymaus
GÄB'S NICHT DAS WORT "MICKYMAUS".

DAS SONETT
MURMLER MURMELT EIN SONETT
MIT DEM TITEL "LALLERS BETT".
NUN IST DAS SO-NETT ZU ENDE.
LALLERS BLICKE SPRECHEN BÄNDE.

DAS REH
IN MURMLERS GARTEN ÄST EIN REH.
LALLER SIEHT DAS ÄSENDE.
..ll !!!!
STILL, LALLT ER SCHRILL, KEIN MURMELN JETZT!
DAS REH HORCHT AUF, ERSCHRICKT, ENTFETZT.

DAS BESÄUFNIS
MURM- UND LALLER TRINKEN WEIN.
BALD WERDEN SIE BETRUNKEN SEIN.
LALLER, ER WIRD MEHR ALS LALLEN.
MURMLER WIRD VOM SESSEL FALLEN.

MUSIK
LALLER SPIELT AUF DER TROMPETE.
BUH!
AUS!
STOP!
AUFHÖREN!
DAS GEFÄLLT NICHT JEDERMANN.
NUN BLÄST MURMLER AUF DER FLÖTE.
AUS! SCHLUSS!
DAS KOMMT NOCH VIEL SCHLECHTER AN.

DIE KUH
VOR LALLERS HAUS STEHT EINE KUH.
DOCH VERSCHWINDET SIE IM NU,
mmm ilch....
WEIL MURMLER SIE GLEICH MELKEN WILL.
LALLER LÄCHELT DAZU STILL.

LALLER ERZÄHLT
..lll..l.. ..ll..
mmmmmfz...
LALLER LALLT EINE LEGENDE.
MURMLER SEUFZT, ALS SIE ZU ENDE.
...ll..
DRAUF LALLT LALLER EINE FABEL.
MURMLER FINDET'S MISERABEL.

DER LAPPE
IN MURMLERS GARTEN STEHT EIN LAPPE.
LALLER HÄLT IHN FÜR ATTRAPPE.
MURMLER MURMELT: „DER IST ECHT!"
DER LAPPE, LÄCHELND, GIBT IHM RECHT.

DIE FRAUEN
IN HUMMLERS GARTEN
SIND DREI FRAUEN,
DIE SIND SEHR LIEB-
LICH ANZUSCHAUEN.
"GEIL!" LALLT LALLER
UNUMWUNDEN.
DA SIND DIE FRAUEN
SCHON VERSCHWUNDEN.

DER STREIT
MURM- UND LALLER HABEN STREIT
WEGEN EINER KLEINIGKEIT.
mmm eide...
MURMLER WOLLTE "LEIDER" LALLEN.
lickylaus!
DAS LIESS SICH LALLER NICHT GEFALLEN.

DER BAYER
PROST!
IN MURMLERS GARTEN
STEHT EIN BAYER,
PROST!
DER STELLT SICH VOR:
„GESTATTEN, MAIER!"
„AHA", LALLT LALLER,
„UND WAS WILL ER?"
BURPS –
DER BAYER SAGT:
„ICH WART' AUF MÜLLER."

PROSA
MMM!
?
Z Z Z
MURMLER MURMELT EINE PROSA,
DIE DIE WELT NOCH NIEMALS SO SAH,
DENKT ER, DOCH WIE UM IHN ZU STRAFEN,
IST LALLER LANG SCHON EINGESCHLAFEN.

DER WITZ
NUN MURMELT MURMLER EINEN WITZ.
LALLER LACHT UND FÄLLT VOM SITZ.
AM BODEN LIEGEND, LACHT ER NOCH.
mm.. noch..
MURMLER MURMELT: „GEHT JA DOCH!"

DAS MURMELTIER
VOM BERGE NAHT EIN MURMELTIER.
...leich...
LALLER LALLT: GLEICH IST ES HIER.
DOCH ANGEKOMMEN IST ES NIE.
MURMLER MURMELT: BLÖDES VIEH!

DIE KATZE
VOR LALLERS HAUS SITZT EINE KATZE.
LALLERS ANTLITZ WIRD ZUR FRATZE.
MURMLER MURMELT: „KRIEGT SIE JUNGE?"
DA ZEIGT DIE KATZE IHM DIE ZUNGE.

DAS KARTENSPIEL
MURM- UND LALLER SPIELEN KARTEN.
WENN LALLER AUSSPIELT, HEISST ES WARTEN.
NACHT. LALLER ÜBER-LEGT NOCH IMMER.
DA TRITT EIN ELEFANT INS ZIMMER.

DAS KIND
IN MURMLERS GAR-
TEN SITZT EIN KIND,
DAS WEINT, WEIL'S
AUS DER WINDEL RINNT.
KAUM GEWICKELT,
LACHT ES WIEDER.
la le lu ...
LALLER LALLT IHM
EINSCHLAFLIEDER.

NACHT
MURMLER, PLÖTZLICH AUFGEWÄCHT,
BLICKT NACH DRAUS-SEN: ES IST NACHT.
lala lala leise lala Lieder la la lalalalal
SCHWÄRZE, DIE NUR EINS DURCHDRINGT:
DAS LALLEN LALLERS, WELCHER SINGT.

FASCHINGSZEIT
MURM- UND LALLER,
VOR DEM FASTEN,
NEHMEN VOR SICH,
AUSZURASTEN.
MURMLER SCHMINKT
SICH EINEN KUSS.
...leilei...
LALLER LALLT DEN
FASCHINGSGRUSS.

DAS PARFÜM
MURM SPRÜHT LALLER MIT PARFÜM EIN.
N°5
LALLER RIECHT NUN WIE EIN BLÜMLEIN.
SELTSAM NUR, DASS DURCH DAS SPRÜHN
ALLE BLUMEN SONST VERBLÜHN.

DER WEIHNACHTSBAUM
..lle.... laub..ll
DIES IST MURMLERS WEIHNACHTSBAUM.
LALLER LALLT: „ICH GLAUB' ES KAUM!"
mmmmacht..
IHN ÜBERWÄLTIGT SOLCHE PRACHT.
MURMLER MURMELT "STILLE NACHT".

DER HUT
MURMLER HAT JETZT EINEN HUT.
Hut.. Hut!
LALLER LALLT: „DER STEHT DIR GUT."
GLEICH KAUFT ER SICH EINE MÜTZE.
MURMLER MURMELT: „STEHT DIR SPITZE!"

DIE HAIE
IN LALLERS SCHWIMM- BAD SCHWIMMT EIN HAI.
WAS HEISST EIN HAI? NEIN! ES SIND DREI!
DREI HAIE UNTERM APFELBAUM?
GOTTLOB WAR ES NUR MURMLERS TRAUM.

DER RUSSE
VOR LALLERS HAUS LAGERT EIN RUSSE.
LALLER LALLT: "WA-RUM DU HIER?"
MYCCЭ!
DRAUF DER RUSSE SAGT NUR: „MUSSE!"
MURMLER MURMELT: "NIMM EIN BIER!"

DER RUSSE SINGT
DES NACHTS LÄSST SICH DER RUSSE NIEDER
UND SINGT VOLL SCHWERMUT RUSSENLIEDER.
VOLL ZORN LALLT LALLER: "AB INS BETT!"
Нет !
DOCH DER RUSSE SAGT NUR: „NJET!"

MICKY MAUS
mmmickymaus!
VOR LALLERS HAUS STEHT MICKY MAUS.
MURMLER FLIPPT VOR FREUDE AUS.
SODASS, ALS MICKY MAUS VERSCHWUNDEN,
IHN LALLER TRÖSTEN MUSS DURCH STUNDEN.

VERKEHRTE WELT
AUS TAG WIRD NACHT.
AUS WARM WIRD KALT.
... leider ....
LALLER MURMELT.
MURMLER LALLT.

DER TOD
VOR LALLERS HAUS, DA STEHT DER TOD.
LALLER LALLT: „HAST DU'S KOMMOD?"
DER TOD SAGT: „BESSER WÄR' EIN GARTEN.
DORT LÄSST ES SICH KOMMODER WARTEN."

MURMLER WEINT
llalt...
MURMLER, OHNE GRUND, MUSS WEINEN.
LALLER LALLT: „DAS IST HALT SO,
SOLL DAS HERZ DIR NICHT VERSTEINEN
ODER BRENNEN LICHTERLOH."

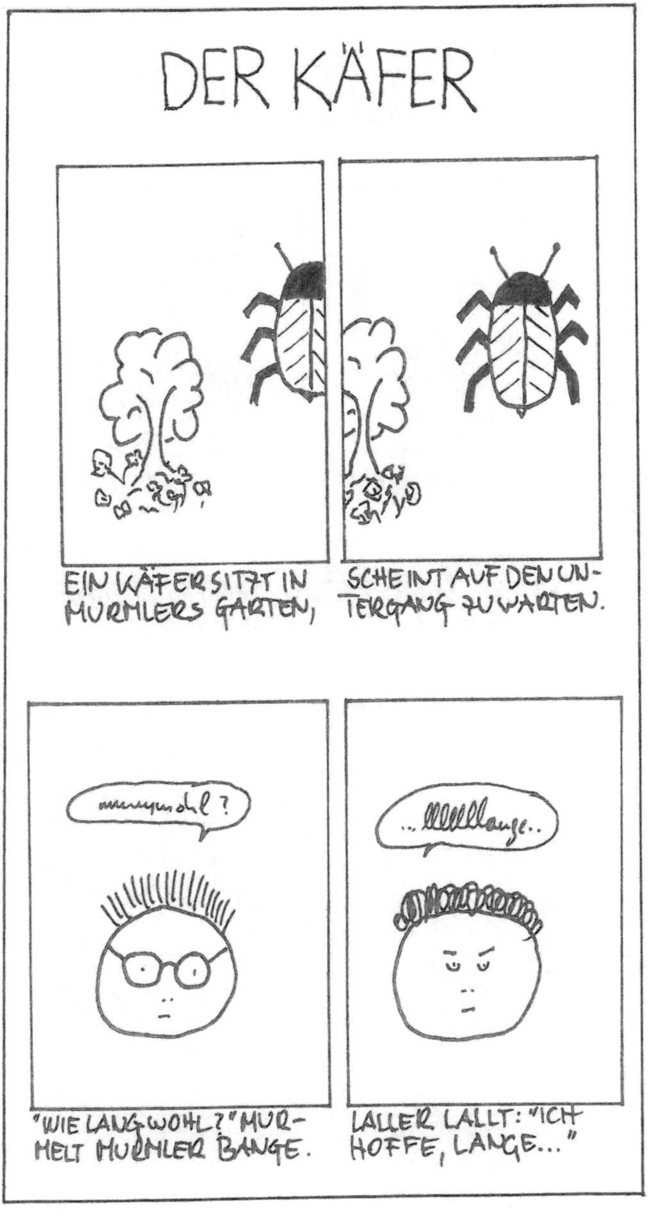
DER KÄFER
EIN KÄFER SITZT IN MURMLERS GARTEN,
SCHEINT AUF DEN UNTERGANG ZU WARTEN.
"WIE LANG WOHL?" MURMELT MURMLER BANGE.
LALLER LALLT: "ICH HOFFE, LANGE..."

GOTT
IN MURMLERS GAR-
TEN, DA IST GOTT.
MURMLER MURMELT:
"SAPPERLOTT!"
?????
„WAS TUT GOTT IN MEI-
NEM GARTEN?"
UND GOTT SPRICHT: „NA,
WAS SCHON? WARTEN!"

APOKALYPSE
Nach Murmlers Garten greift die Nacht.
Llöse..ll..
Laller lallt: „Oh böse Macht!"
lll..lichts..
„Hinweg, du Mörderin des Lichts!"
Da greift nach seinem Haus das Nichts.

DAS NICHTS
DAS NICHTS, ES IST SCHON ÜBERALL.
ES FRISST GEMURMEL UND GELALL.
KEIN BAUM, KEIN BLÜMELEIN, MEIN STURM LEER.
KEIN LALLER MEHR UND AUCH KEIN MURMLER.

3.

Limericks

Ischlericks

Morgens in der Kaiservilla

Es sagt zum Franz Joseph die Sisi:
»Geh komm, unterhalt mich ein bissi!
    Sei lieb, sei mein Franzl
    und sing mir ein Gstanzl!«
Doch der Kaiser sagt: »Später. Jetzt iss i.«

An der Ischl

Die Sisi, am Ufer der Ischl,
sagt: »Franzl, geh, fang mir ein Fischl
    oder geh auf die Pirsch
    und schieß einen Hirsch!
Das G'weih häng ma dann übers Tischl.«

Menüwahl

Zu Mittag beim Zauner sagt d' Sisi:
»Ich glaub', heute ess' einen Spieß i.
    Und was isst du, Franzl?«
    Der Kaiser sagt: »Gansl
in Rotweinsauce mit Risi Pisi.«

Im Schlosspark

Im Schlosspark zur Nacht flüstert d' Sisi:
»Franzl, mein Liebster, vergiss nie,
dass, wenn ich auch schlau bin,
ich doch eine Frau bin.
Gemma heim, weil im Finstern hab Schiss i.«

Toilette

Im Bad vorm Spiegel beim Tischl
ruft plötzlich die Sisi: »Ich fischl!
Bitte riech!«, ruft s', »ich ranzl!«
»Aber was«, lacht der Franzl,
»das is' nur das Flair von Bad Ischl.«

Gekränkte Dienstmagd

Eine Dienstmagd bei Habsburgs, die Mitzi,
sagt: »Es sind Majestät schon ein Strizzi!
Gestern vögelt er mich,
und mei'm Herz gibt's ein' Stich,
wie ich heut' ihn seh' vögeln die Fritzi!«

Herz der Finsternis

Ihren Augen glaubt nicht zu trauen
die Sisi: Zwei ad'lige Frauen
küssen grad ihrem Franz
voll Inbrunst den Schwanz.
»Das Grauen«, ächzt Sisi, »das Grauen.«

Erotisches Knistern

In Bad Ischl auf der Esplanade
greift Franz Joseph der Schratt an die Wade.
        Die Schratt haucht: »Majestät!
        Das gehört sich doch net!«
Sagt der Kaiser: »Drum mach' ich's ja grade!«

Auf die Katrin

Die Sisi sagt: »Weil ich so blad bin,
geh' heut' ich zu Fuß auf die Katrin.«
        Der Kaiser nickt stumm
        und denkt sich: »Zu dumm!
Grad da wollt' ich heut mit der Schratt hin.«

Marotte der Schratt

Im Frühling, vor allem bei Föhn,
hat die Schratt oft krude Ideen:
        Sie tritt ein oben ohne,
        doch am Haupt eine Krone,
und Franz Joseph seufzt: »Gott, bist du schön!«

Junge Liebe

»Schnell!«, schreit d' Schratt, »ich muss schon wieder!«,
und sie reißt sich auf das Mieder.
        »Ich bin schrecklich
        geil! Komm, leck mich,
Franzl, und dann fick mich nieder!«

Beschwerde

»Als das letzte Mal dir einen blies i«,
sagt die Schratt, »hast geflüstert du: Sisi …!
Also, all's gut und schön,
doch wenn ich dich verwöhn'
und du denkst an dei' Frau, das find fies i!«

Altes Paar

»Liebst du mich, Franzl«, fragt d' Sisi,
»echt wirklich, nicht bloß ein bissi?«
»Geh mir nicht auf die Eier
mit deinem Gejeier«,
sagt der Kaiser, »sonst hau' dich ins Gfrieß i.«

Bittere Wahrheit

Die Schratt sagt devot: »Majestät,
es ist ganz egal, wie man's dreht,
ob man will oder nicht«,
sagt sie und macht Licht,
»mich pudern geht nur, wenn er steht.«

Abhilfe

Weil des Kaisers Gemächt nicht wird hart,
schlüpft die Schratt aus dem Bett und sagt: »Wart!
Ich schau', dass ich kriege
eine spanische Fliege.«
Seufzt der Franz: »Mir bleibt echt nichts erspart.«

Nahendes Alter

»Ich werd' alt«, sagt der Kaiser in Ischl,
»mir fall'n schon die Haar' ausch im Büschel,
unten fehlt mir ein Tschahn,
esch isch' wirklich ein Wahn!
Hörscht esch auch, wie beim Reden ich tschischel?«

Späte Liebe

Es flüstert die Schratt: »Franzl, friss mi,
weil du weißt, wannst mi frisst, das genieß' i!«
Drauf der Kaiser sagt: »Gern,
doch wird nix draus wer'n,
weil im Finstern find' nie mei Gebiss i.«

Schlechter Zeitpunkt

Die Schratt haucht: »Franzl, komm zu mir her!«
Der Kaiser sagt: »Später. Jetzt geht's grad schwer.«
Sie ruft: »Sex ist doch wichtig!«
Sagt der Kaiser: »Schon richtig.
Aber nicht, wenn ich grad den Krieg erklär'.«

Beim Unterzeichnen der Kriegserklärung

's denkt der Kaiser: »Ich muss wohl erwägen,
ob dem Volk so ein Weltkrieg brächt' Segen
oder doch nichts als Not,
Leid und Tränen und Tod«,
und er denkt: »Is' doch wurscht! Meinetwegen!«

Reue

»Schau an, wie die Völker sich fetzen!
Und schuld ist der Conrad von Hötzen-
dorf! Wirklich zu dumm!
Ich bring' ihn noch um«,
schreit der Kaiser voll Wut, »diese Krätzen!«

Depression

»Ich sollte die Villa verkaufen.
Bad Ischl is' für mich g'laufen«,
denkt der Franz, »dieses Pack hier
geht so auf den Sack mir!
Am liebsten tät' all's ich versaufen!«

Raxericks

Prophezeiung

Es sagt zum Prinz Rudolf die Zita:
»Weißt du was, ich schlag' dich zum Ritter.
Weil du kleiner Scheißer
wirst sowieso niemals Kaiser.«
Denkt der Rudolf: »Das find' ich echt bitter.«

Auf der Fahrt nach Mayerling

Zur Geliebten der Kronprinz sagt: »Mary,
komm her einmal, sag mir, was hör' i?
Du warst gestern wandern
mit einem andern?
Tu das nicht, weil da kränk' mich echt sehr i.«

1914

»Ich hab' Kopfweh, als wären da Hämmer drin«,
sagt d' Prinzessin, »glaubst, dass ich belämmert bin?«
Der Ferdl lacht: »Aber geh, wo!
Wirst sehn, nach Sarajevo
wird's dir besser gehn droben am Semmering!«

Vier Mädchen

Eine Tochter vom Wirten, die Erni,
treff' draußen oft bei der Kasern' i,
und wir tun bissl schmusen,
ich greif ihr unter d' Blusen,
das mag s' gern, das lasst s' zu, aber mehr nie.

Sei' andere Tochter, die Gerti,
bei der hab' ich's leicht, die verehrt mi.
Ob im Heu, unterm Flieder,
sie legt üb'rall sich nieder,
nur raucht sie dabei, und das stört mi.

Ganz anders is wieder die Ricki,
für sie mach mich stundenlang schick i.
Ich hol s' ab bei ihr'm Vater,
wir gehn essen, ins Theater,
dann ins Bett. (Und sie nennt so was Quickie!)

Ach, im Grund hab' ich längst alle drei satt.
Dauernd fragt eine mich, ob ich s' heirat'!
Nein, ich wart' auf die vierte,
die is' süß, die heißt Birte.
Leider sitzt s' momentan noch am Dreirad.

Dichtericks

Gert Jonke

Sagt Herr Haider zum Herrn Lukas-Luderer:
»Sag, Gert Jonke, ist das dieser Ruderer?«
Sagt der Lud'rer: »Mitnichten.
Der Gert Jonke tut dichten.«
Sagt der Haider: »Ach so, wie der Duderer.«

Josef Winkler

Es war Josef Winkler in Kamering
ein Dichter, von welchem die Fama ging
bis ins Gailtal hinein,
er sei so ein Schwein,
dass das ganze Dorf fast vor Scham verging.

Gerhard Ruiss

Sein Enkelkind fragt Gerhard Ruiss:
»Sag, Opa, weißt du, was ein Gnu is'?«
Drauf sagt Ruiss: »Bei d' Viecher
bin ich mir nie sicher,
doch ich glaub', dass ein Gnu a Art Kuh is'.«

Peter Turrini

Es puderte Peter Turrini
entfesselt, als wär' er Houdini.
Die Frau wollt' gleich wieder,
doch er sagt: »'s is' mir z'wider,
doch dazu bin jetzt leider zu hin i.«

Barbara Frischmuth

Es legt Wert drauf die Dichterin Frischmuth,
dass man immer ein Tischtuch am Tisch tut.
»So wirkt jeder Dreck edel«,
sagt sie, »sogar Speckknödel,
doch es passt auch zu Beuschel und Fisch gut.«

Alfred Kolleritsch und Friedrike Mayröcker

Ein Germanist in Madrid, Bernd Marizzi,
sagt: »Achtung, jetzt mach' einen Witz i:
Die Gedichte vom Kolleritsch,
die sind echt ein voller Kitsch,
und doch nix gegen die von der Fritzi!«

Robert Menasse und Norbert Gstrein

Bei der Buchmess' in Frankfurt am Main
Sagt Menasse: »Hörst, Gstrein, darf das sein?
Jetzt schnappt uns die Jelinek
doch glatt den Nobelpreis weg!«
Drauf sagt Gstrein: »Ja, ich weiß. So ein Schwein.«

Vermischtes

Feigling

Wenn ich z'haus bei der Wohnungstür raus schau',
glaubt die Mama jed's Mal, ich halt' Ausschau
nach ei'm Freund, einem Mädel.
Es will nicht in ihr'n Schädel,
dass ich mich nur einfach nicht raus trau'.

Ungarisches Ehepaar im Kurkonzert

»Ich hoffe, sie spiel'n was vom Lehár,
weil den Lehár, den liebe ich sehár,
oder sonst was vom Kálmán.«
»Mir wär'n lieber die Allman
Brothers.« – »Geh!« – »Doch, ich behár!«

In Brixen

Am Ufer des Eisack bei Brixen,
da lagerten manchmal drei Nixen.
Ihr Gesang auf den Steinen
ließ unberührt keinen.
Jeder Mann, der sie sah, musste weinen.

4.

Murmler in Armenien

DAS IST MURMLER.
ER IST DICHTER.
MURMLER HERZ & SCHERZ
ES SCHREIBT NICHT SCHLECHT, DOCH EHER SCHLICHT ER.
EUTE!
ESUNG
URMLER
UHR
BRAVO!
DOCH BEI SO MANCHEN KOMMT ER AN.
SO LÄDT MAN IHN NACH YEREVAN.

literary ark
DORT, ALS DER ARCHE STEUERMANN,
TRIFFT ER HERRN MATEVOSYAN.
UND AUCH HERMINE. UND ES FREUT
IHN SEHR, DASS SIE IHN HIER BETREUT.

WOHER SIE SEI,
ASERBAIDSCHAN ?
HERMINE BLICKT
IHN BÖSE AN.
ODER WOMÖGLICH
TÜRKENLAND ?
KRÄSCH !
EIN EI TRIFFT
HINTER IHM DIE WAND.

?
MURMLER STEHT AM SEVAN SEE.
„IST DAS DER VAN-SEE, DEN ICH SEH?"
murmerlei...
DENKT ER UND MURMELT: „EINERLEI!"
SCHON FLIEGT EIN EI HERBEI. NEIN, ZWEI.

DER ARARAT IST GUT
ZU SEHN.
MURMLER MURMELT:
„OH, WIE SCHÖN!"
„DOCH STEHT ER NICHT
IN DER TÜRKEI?"
PFLATSCH!
DIESMAL TRIFFT
PUNKTGENAU DAS
EI.

ES PRINTEMPS FLEURIRONT ENCORE
S BEAUX JOURS RENAÎTRONT
ER / APRÈS L'ENFE
BRE DE VIE
POUR TOI
ARMÉNIE
TERONT ENCORE
RONT PLUS FORT
DES ABENDS HÖRT HERMINE NUR
MUSIK VON MONSIEUR AZNAVOUR.
MURMLER: „IST DER NICHT FRANZOSE?"
DAS EI TRIFFT DIESMAL SEINE HOSE.
PFLOTSCH!

HERMINE, DIE GE-
BURTSTAG HAT,
ARARAT
KREDENZT EIN
GLÄSCHEN ARARAT.
MURMLER: „BESSER
WÄR' MARTELL!"
HERMINES ANTWORT
KOMMT BLITZSCHNELL.

MURMLER MURMELT EIN GEDICHT,
DAS VERSTEHT ER SELBER NICHT.
DOCH VON HERMINE KOMMT APPLAUS,
DENN ALLE EIER SIND SCHON AUS.

HERMINE SAGT ZU MURMLER: „GUCK!
EIN VIRTUOSE SPIELT DUDUK!"
MURMLER LACHT: „VERRÜCKTE TRÖTE!"
DIESMAL TRIFFT IHN EINE KRÖTE.
TSCHLÄTSCH!

MUSIK VON
KHACHATURIAN.
MURMLER: „HÖRT SICH
FURCHTBAR AN!
DER DONAUWALZER
KLINGT VIEL BESSER!"
KNAPP SAUST VOR-
BEI HERMINES
MESSER.

SO HAT WEIT VON
DAHEIM ENFERNT,
MURMLER VIEL
DAZUGELERNT.
BETRÜBT VERLÄSST
ER YEREVAN
MIT DEM RUF:
„HOCH HAYASTAN!"

5.

Lieder und Gesänge

Abgesang (1999)

Wanderer, kommst du nach Kärnten, genauer
nach Spittal an der Drau und ins Stadion dort,
welches, am Fuß des Goldecks so prächtig gelegen,
beherbergt den SV Spittal, so erzähl ihnen was, diesen Stümpern,
erzähl, du habest stehen uns sehen, wie das Gewissen befahl,
am Rande des Ackers, den ein Spielfeld zu nennen
keine andere Ortschaft die Frechheit besäße als das entsetzliche
Untersiebenbrunn, das Grauen des Marchfelds.

Und du, Muse, sing unsren Zorn ihnen allen,
dem Bacher, dem Trensnjic, dem Zganjer, dem Kaldjob,
sing ihn dem Hofer, ja, auch dem Hofer, auch ihm,
dem Helden unzähliger Spiele, dem König der Schwalben,
denn was im Marchfeld er zeigte, war unter aller Kanone.
Keinen nimm aus, oder Rovcanin höchstens, den Kämpfer,
Frohnwieser auch, der sich redlich bemüht', sie seien geschont.
Die anderen aber, o Muse, treff' hart unser Zorn.

Denn ungestraft nicht, schon gar nicht als Profis,
agiert man, als ging' es um nichts, vor den Augen der Treu'sten.
Vergiftet sei'n nachts eure Träume! Immer aufs Neue sollt ihr
vergeben die Chancen, die ihr leichthin vergurkt und vergeigt
schon im Herbst und im Frühjahr.
Und doch ist härter
unsere Strafe, die wir Wind und Wetter nie scheuten und kamen,
siebzehn Jahre hindurch, wenn ihr gastiertet in Wien und Umgebung:
Uns habt ihr betrogen. Die Last war Spittal. Ihr machtet sie leichter.

Habt ihr an uns nicht gedacht, die als Kinder schon standen
hinter dem Tor, gehütet von Weidacher Alois
(»Hob ihn!«, pflegte zu rufen der Panther, doch hatt' ihn nicht immer),
die Almassy sahen, Steinwender, Hügel, den flinken
Kitzmantl und, flinker noch, Stege, den Selbstüberholer,
Koubek, den Vater, vom Ball nicht zu trennen
(was soll uns dagegen der tennisballpfeffernde Sohn?)
Troselj und Tomic, das tödliche Duo, und viele der Knallers?

Die zujubelten Gritschacher selig, der, entscheidendes Tor
zu erzielen, die Hüfte nicht schonte? Die Bakota sahen und Hasil,
Oblak, den Cornerverwandler, Dzekos Fersler im Semifinale des
Cups bei Rapid, den nichts mehr entscheidenden?
Die, als der Aufstieg gelungen, Horror hatten mit euch,
versinken nur wollten vor Scham in den Boden am Horrplatz,
als aufs Gemeinste Freisegger Arnold, das junge Talent,
hintrat auf Herbert Prohaskas erhabene Ferse?

Habt ihr an uns nicht gedacht? Musstest du wirklich, o Grutschnig,
vor Gericht zu erkämpfen versuchen den sinnlosen Aufstieg,
so den Boden dem Abstieg bereitend? Musstest, o Angelo, du
kleben am Sessel des Trainers, als wärst du Direktor der Burg?
Ihr, SV Spittal, wart, was uns hielt, und wir hielten
zu niemand als euch. Indem, wie ihr spieltet, ihr spieltet in
dem vermaledeiten Untersiebenbrunn, verspielten wir alle.
Gemeinsam steigen wir ab. Was habt ihr getan?

Es waren Gäste da

Jetzt ess' ich schon die neunte Torroncinotrüffel
um viertel vier Uhr früh in meinem Bett.
Dabei hab' ich doch keinen Grund zum Traurigsein.
Es waren Gäste da. Der Abend war sehr nett.

Der Abend war sehr nett. Es waren Gäste da.
Gerd und Bianca, Artur und Marie.
Marie ist wieder schwanger und sie freut sich sehr.
Gerd geht's wieder besser mit dem Knie.

Bianca fährt jetzt doch zur Kur nach Schallerbach.
Arturs neues Stück wird schon geprobt.
Zwar, ein paar Rollen werden wohl noch umbesetzt.
Das Essen wurde allgemein gelobt.

Es wurde viel getrunken. Gute Wahl, der Wein.
Marie hat heute wie noch nie gelacht.
Als Nachtisch gab es Käse und Profiteroles,
die haben Gerd und Bianca mitgebracht.

Es war ein schöner Abend. Er hat lang gedauert.
Trotzdem war's am Ende gar nicht spät.
Früher hätten wir bei so was sicher durchgemacht.
Inzwischen weiß selbst Artur, wann man geht.

Nun ist es fünf, ich ess' die elfte Torroncinotrüffel.
Ich finde keinen Schlaf. Es wird schon Tag.
Dabei hab' ich doch keinen Grund zum Traurigsein.
Es waren Gäste da, und niemand hat nach dir gefragt.

Da Gerd

Waun du wie ich alane bist,
daun brauchst an guadn Freind,
der immer dir zur Seite steht,
der mit dir lacht und weint.

Und einen solchen habe ich.
Bin ich am Bod'n zerstört,
dann tret' ich in ein Wirtshaus ein,
und drinnen woat' – da Gerd.

Da Gerd is do, da Gerd is do,
da Gerd is immer fia mi do!
Mei Rausch haßt Gerd wia i,
i hob eam gean,
da Gerd is fia mi do!

I hob scho laung ka Oede mehr,
ka Muada und kan Voda,
i hob nur no den Gerd und mi
und in da Frua den Koda.

So uma fünfe kummt er gern,
und geht mit mir ins Bett,
und kurz bevur die Sunn aufgeht,
verschwindet er diskret.

Doch er is immer fia mi do,
da Gerd is fia mi do!
Mei Rausch haßt Gerd wia i,

i hob eam gean,
da Gerd is fia mi do!

Kloa, er geht ma auf die Leber
und aa maunchmoe schwer am Nerv,
doch da Gerd is mei Freind, und Freindschaft haßt,
doss ma se am Nerv gehn derf.

Da Gerd und i, wia hobn an Koarl.
Er kost' mi zwoa vü Göd,
oba i brauch's fia eam, und er braucht's fia mi,
mia san unsre eigene Wöd.

Da Gerd is do, da Gerd is do,
da Gerd is immer fia mi do!
Mei Rausch haßt Gerd wia i,
i hob eam gean!
Da Gerd is immer fia mi do!

Sie sogn: »Da Gerd bringt dich ins Grab!«
No prack! Wo soll i sunst scho hin?
Das Leben – bitte, fragen Sie den Gerd –
hot überhaupt kan Sinn!

Ich hoff' nur ans: Waun's Ende kummt,
und sie schoffn mi unter die Erd',
daun klopft mei Sö aun die Himmelstür,
und es mocht mir auf – da Gerd.

Da Gerd is do, da Gerd is do,
da Gerd is immer für mi do.
Mei Rausch haßt Gerd wia i,
und bis in d' Ewigkeit
is er fia mi do!

Schee is wos aunders

Schau, da Woed in die Heabstfoabn,
schau, am Berg drobn scho Schnee,
schau, wia s' untageht, d' Obndsunn
und si spiaglt im See.

Schau, wia s' springen, die Saibling.
Siachst im Bam duat den Specht?
Des is olles recht uantlich,
des gfoed ma olles net schlecht.

Oba schee is wos aunders.
Schee is mit dir.
Deine schwitzerten Ochsln.
Dei Gschmock noch vier Bier.
Deine aufgsprungnen Lippen.
Deine aufgriebnen Knia.
Schee is wos aunders.
Schee is mit dir.

Schau, wia s' blian, d' Margeriten!
Es mocht nix, doss' fäun.
Und schau, die klan Hendln,
wia s' aus'm Ei außegräun.

Schau im Tierpark die Panda
und im Zirkus die Clown!
Des ist olles recht uantlich,
do is scho wos draun.

Oba schee is wos aunders.
Schee is mit dir.
Deine schwitzerten Ochsln.
Dei Gschmock noch vier Bier.
Deine aufgsprungnen Lippen.
Deine aufgriebnen Knia.
Schee is wos aunders.
Schee is mit dir.

Schau, die Kinder am Spüplotz,
wia s' lochn und schrein
und si wehtuan und wana.
So is'. So muass sein.

Und jetz fongt's au zum regnan!
Siachst den Regnbogn duat?
Des is olles recht uantlich,
des gfoed ma olles recht guat.

Oba schee is wos aunders.
Schee is mit dir.
Deine schwitzerten Ochsln.
Dei Gschmock noch vier Bier.
Deine aufgsprungnen Lippen.
Deine aufgriebnen Knia.
Schee is wos aunders.
Schee is mit dir.

Tode Kotz, tode Krah

Tode Kotz liegt im Rinnstaa,
tode Krah liegt danebn,
und ma frogt si, wer hot wem
die letzte Ölung wohl gebn.

Woa die Kotz schlecht beinond
und die Krah hot si 'docht,
so afoch homma's d' Kotzn
echt no södn gmocht?

Hot die Kotz kuaz vorm Steabn
no mit ollaletzta Kroft
grod die Krah no dabissn?
Sowos head ma jo oft.

Oda woa die Krah a Muada?
Hot s' die Jungen beschützt
und niederpeckt die Kotz,
scho mit'm Bauch aufgschlitzt?

Dafür spricht, doss Kotz und Krah
woan vom Bluat komplett rot.
So a Muada, wissn S' eh,
schreckt ned zruck vuam Tod.

Doch vielleicht woa's aa aundas:
Es kam ein Knabe daher,
der hod z' Weihnochten kriagt
an neiches Flobertgwehr.

Dazu lässt sich nur sagen,
Knaben sind manchmal so.
I fia mi hoff' nua ans,
er wird des Lebens nimmer froh.

'S kennt aa sei, es hod die zwaa
a Auto zommangfiat,
daun haum se hoffentlich
nimmer oezuvü gspiat.

Jetz liegn s' do im Rinnstaa,
tode Kotz und tode Krah,
sie liegen eng beinond
und san fia immer alaa.

Ihr Leben is vaspüd,
und wos die Gründe dafia woan,
dazua kaun i nua sogn:
Wir wean's nie erfohrn.

Und jetz hear i auf zum singan,
wäu i hob scho an Duascht
und die Kotz und die Krah
san ma eigentlich wuascht.

Frau Srbal

Mi nervt, doss dauernd mi die Leit frogn, wia's ma geht,
drum ein für alle Mal: In Zukunft frogts mi net.
I sog's eich jetz für immer: 's könnt no schlimmer sein.
Mir foet zum Glick, wos gestern woa, heit nimmer ein.

Es geht mei'm Beischl net vü aunders oes mein Kreiz,
waun i am Heisl net nur wischl, pfäu, daun fäut's.
Waun mi mei Oeda haut, hob i a blaue Birn.
Hauert i zruck, pickert am Laminat sei Hirn.

Den Wein vertrog i schlecht, muass noch an Doppler schbeib'n,
noch g'schissner wär nur, miasst i ohne Doppler bleib'n.
Miassert i Kracherl trinken, 's gingert mar ans G'miat,
des Leb'n vergeht a'm schnö, i schwör's da, waun ma's g'schpiat.

I bin net glicklich, doch es geht mar aa net schlecht.
Ich moch des olles ned, wos i ned mochn mecht.
Des haßt net, doss i, wos i tuan wü, aa datua.
Oft fong i's fost scho aun und kumm daun net dazua.

I ruaf mei Leber Hansi und mei Müz Schagglien.
I hob die Kinder, die i net hob, in mir drin.
Da Hansi wochst recht schnö, er is scho ziemlich groß,
und geht er fuat irgndwaun, is auf d' Schagglien Valoss.

I stö ma vua oft, waun i wirklich Kinder hätt,
daun warat i stott bloß nur bsoffn blunzenfett.
Aundauernd tatn s' wana, nia hätt i a Rua,
und da Herr Gatte hauert no vü öfter zua.

Naa, waun no amoe i auf d' Wöd kumm, daun oes Hund,
i schlof und bö und friss und wischl und bin gsund,
und geht ma oes am Nerv, hoed i oes nimmer aus,
roll i mi zaum und schleck ma's eigne Oaschloch aus.

I bin net glicklich, doch es geht mar aa net schlecht.
Ich moch des olles net, wos i net mochn mecht.
Des haßt net, doss i, wos i tuan wü, aa datua.
Oft fong i's fost scho aun und kumm daun net dazua.

Das Letzte

Da letzte Oasch wird heit Direkta,
die letzte Schlaumpn haßt se a gnä Frau.
Nur i bin oewäu no des Letzte,
da blede Hund, die blade Sau.

Die letzte Wochn woa zum Schmeißn.
Heit is da Letzte, i bin stier.
Die letzte Bim haum s' laung scho ein'zogn,
i trink alaa mei letztes Bier.

Da letzte Schluck bleibt in da Floschn,
des letzte Bett steht net daham,
des letzte Hemd hot kane Toschn,
da letzte Schlof hot kane Tram.

Da letzte Wiaschtlstaund mocht Sperrstund',
's is Zeit zum hamgehn, waun's no geht.
A letzter Stean leicht' no a bissl
und woat', doss d' letzte Sunn aufgeht.

Mei letztes Glick is, waun's so stü is,
oes warn die Gfraßta olle hi,
und i bin's Letzte, wos ma bliebn is,
und endlich waß i: I bin i.

Da letzte Schluck bleibt in der Floschn,
des letzte Bett steht net daham,
des letzte Hemd hot kane Toschn,
da letzte Schlof hot kane Tram.

Owe den Boch (Kärntner Lied)

Sigst ka Gros auf die Olmen,
sigst kan Fisch mehr im See,
san vawölkt olle Bleamlen,
sigst im Winta kan Schnee.

Aufn Föld fault da Tiakn,
aufn Haus is ka Doch,
und da Heagott is long schon
owe den Boch.

Und die Sunn und da Himmel,
san privatisiert.
Es is leicht wos vaspüln,
wonn's a ondra valiert.

Und vaspült is die Hamat
und vaspült unsa Sproch,
unsre Söln, unsre Heazn
owe den Boch.

Nix is gebliebn
wia a kohlschwoaza Stean.
Holt mi ein, mei liabs Diandle,
weil i hon di so gern.

Holt mi fest und donn gemma,
weil mia miassma lei noch,
miassn gehn wia die ondan
owe den Boch.

Oba wan nit, mei Diandle,
mia zwa g'hean uns gonz.
Irgendwo is a Kirtog,
irgendwo gibt's an Tonz.

Und da Kuckuck schreit Kuckuck
und denkt nix dabei noch
und schaut zua, wia ma tonzn
owe den Boch.

William Shakespeare: Sonett 18

Soll ich dich mit einen Summatog vagleichen?
Du bist vül supara, vül fescha!
Da Wind mocht Mode in die Blattlen von da Eichn,
und oft beendet so an Tog a Muadstrumm Klescha.

Schau: Gach amol, do is es tamisch haß,
donn wieda is da Himml schwoaz vua lauta Wolkn.
Dos Schene, waßt, vawaht oft schnölla ols ein Schas
und schmülzt dahin wia Butta auf die Dolkn.

Doss es bei dia nicht onderst sein konn, find ich org.
Doss du genauso steam muasst, find ich echt zum Speiben.
Doch sog ich dir: Liegst einstens du im Sorg,
in meinen Lied weast du am Leben bleiben.

Solonge Menschen otmen, Augen schaugen,
solong erklingt's und wead den Leitn taugen.

Inhalt